Obair Mharfach

© Foras na Gaeilge, 2009

Dearadh agus Clúdach: Oldtown
Léaráidí: Peter Murphy
Cahill Printers Teo. a chlóbhuail in Éirinn

Gach ceart ar cosaint. Ní ceadmhach aon chuid den fhoilseachán seo a atáirgeadh, a chur i gcomhad athfhála, ná a tharchur ar aon mhodh ná slí, bíodh sin leictreonach, meicniúil, bunaithe ar fhótachóipeáil, ar thaifeadadh nó eile gan cead a fháil roimh ré ón bhfoilsitheoir.

Le fáil ar an bpost uathu seo:

An Siopa Leabhar   *nó*   An Ceathrú Póilí
6 Sráid Fhearchair,   Cultúrlann Mac Adam-Ó Fiaich
Baile Átha Cliath 2.   216 Bóthar na bhFál
ansiopaleabhar@eircom.net   Béal Feirste BT12 6AH.
                                                        leabhair@an4poili.com

Orduithe ó leabhardhíoltóirí chuig:

Áis
31 Sráid na bhFíníní
Baile Átha Cliath 2.
eolas@forasnagaeilge.ie

An Gúm, 24–27 Sráid Fhreidric Thuaidh, Baile Átha Cliath 1

Obair Mharfach

Cora Harrison

Úna Ní Chonchúir
a d'aistrigh

AN GÚM
Baile Átha Cliath

Ní RAIBH ACH DUINE AMHÁIN de na múinteoirí a bhí in ann ag rang na hidirbhliana agus b'in í Iníon Ní Mhainnín. Bhí sí beagnach seachtó bliain d'aois agus bhí oideachas curtha ar athair agus ar mháthair gach uile dhuine sa pharóiste aici, geall leis, agus bhí faitíos an tsaoil mhóir orainn uile roimpi.

Mar sin, nuair a dúirt sí: 'Anois, tá taithí oibre leagtha amach daoibh féin agaibh uile, nach bhfuil?' sméideamar uile uirthi ag tabhairt le fios go raibh. Ní raibh tada socraithe agam féin. Bhí dearmad glan déanta agam ar an taithí oibre. Bhí, agus ag breathnú ar mo chuid cairde, ba léir go raibh dearmad déanta acusan freisin uirthi.

Chuaigh mé ar mo mharana. Ba mhór ab fhiú go raibh Seán Ó hArcáin aois gadhair ag insint di faoin gcomhrá fada a bhí aige lena uncail, an feirmeoir – bheadh faill agam le bheidh ag smaoineamh ar fhreagra. B'eo amach agam le m'fhón póca agus chuir mé téacs chuig Breandán.

5

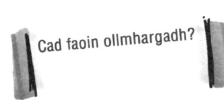 Cad faoin ollmhargadh?

Chuir sé freagra chugam ar an bpointe.

 ní fiú. boring.

Chuir Diarmaid téacs chugam ansin.

 Do bharúil?

Agus Seán ina dhiaidh sin.

 Siopaí sa mbaile lán

B'in sin, más ea. Ansin chuala mé na focail dhéisteanacha sin: 'a Tom a'Bhláca, céard atá socraithe agatsa a dhéanamh?'

'Tá aiféala orm, a Mháistreás...'

'Tá aiféala orm, a Mháistreás...' Thriail Breandán meangadh a dhéanamh léi, ach ní raibh aon mhaith ann, ná ní raibh aon mhaith sna leithscéalta a rinne Seán agus Diarmaid.

Chaithfeá umhlú, umhlú go talamh d'Iníon Ní Mhainnín.

'Tabharfaidh mé lá amháin eile daoibh,' a dúirt sí agus í ag tabhairt drochshúile orainn mar a dhéanfadh duine de na céastúnaigh sin a d'fheicfeá sna leabhair staire. 'Bíodh rud éigin réitithe roimh an lá amárach agaibh; mura mbeidh, beidh trioblóid ann.'

'Beidh, a Iníon Ní Mhainnín,' a dúramar uile d'aon ghuth, agus thóg mise amach an fón fad a bhí sise ag cur di, mar ba dhual di, faoi chúirtéis agus faoi phoncúlacht; í ag caint, ar ndóigh, leis an dream a raibh sé d'ádh orthu siopa éigin a fháil a chuirfeadh suas leo ar feadh coicíse.

Bhí an fón amuigh ag Breandán freisin, thug mé faoi deara. Chuile sheans go raibh seisean ar an ealaín chéanna liom féin. Bhí sé in am obair a bhaint as na cailíní. Bhí mé ag ceapadh gurbh í Fiona a dhéanfadh an beart; b'fhéidir nach raibh sí chomh dathúil is a bhí Sinéad, cailín Bhreandáin, ach ba ag Fiona a bhí an mheabhair cinn.

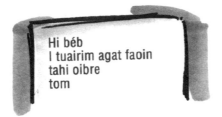

Hi béb
I tuairim agat faoin
tahi oibre
tom

Sheol mé an téacs agus b'iontach liom go bhfuair mé ceann ar ais ar an bpointe. Bhí cosc glan ar fhóin phóca sa chlochar. Ar ndóigh, bheadh. Ach ní raibh ann ach go raibh Fiona tar éis fón beag bídeach a cheannach agus is dóigh go raibh sé níos éasca é sin a chur i bhfolach. Ar chaoi ar bith, rinne Fiona an gnó, mar ba ghnách.

Plean am
Crnóg @ 1.15
Fiona

Ba mhór ab fhiú an méid sin.

Chuaigh an ceathrar againn síos go dtí an chearnóg i lár an bhaile ag am lóin. Leath bealaigh idir an clochar agus scoil na mBráithre a bhí an chearnóg, agus ba ansin ba mhó a bhuailimis le chéile.

Bhí Sinéad in éindí le Fiona, agus beirt chailíní eile. Chuir Sinéad agus Breandán a lámha timpeall ar a chéile. Smaoinigh mé féin ar mo lámh a chur timpeall ar Fiona, ach ní dhearna. Ní raibh cleachtadh ar bith agam, dáiríre, ar chailín a bheith agam. Ní raibh ionainn ach cairde ar feadh i bhfad.

'Is í an taithí oibre seo atá ag déanamh imní dúinn,' a dúirt mé nuair a bhí a sáith póg tugtha dá chéile ag Breandán agus Sinéad. 'Táimid ceaptha tosú Dé Luain seo chugainn agus níl tada faighte fós againn.'

'Ar chuardaigh sibh obair ar bith?' arsa Sinéad go coilgneach, ag iarraidh glór múinteoir scoile a chur uirthi féin.

'D'fhéadfása taithí oibre a dhéanamh sa chlochar,' a dúirt Áine agus í ag sciotaíl agus ag breathnú ar Bhreandán. Is é Breandán an duine is cúláilte i Meánscoil na mBráithre Críostaí agus bíonn na cailíní uile ag rith ina dhiaidh.

'Éirígí as an magadh,' a dúirt mise go beo. Bhí olc ar Shinéad, shílfeá. 'Caithfimid obair éigin a fháil inniu nó marófar muid. Agus ní hobair teach ósta, nó is ag iompar buidéal do m'athairse a bheimid nó ag glanadh.' Bhí teach ósta ag m'athairse agus bhíodh neart oibre le déanamh i gcónaí ann.

'Breathnaígí air seo,' a dúirt Fiona, agus giota de pháipéar nuachta á thógáil amach as a mála aici. An nuachtán áitiúil a bhí ann. Bhreathnaíomar uile ar an gceannlíne.

Agus thíos faoi, an méid seo:

Faoi sin arís, bhí trí cinn de phictiúir. Pictiúr amháin díobh, fear a raibh mullach bán air a bhí ann. Níor aithin mé eisean agus d'aithin mé an bheirt eile. 'Sin é Tomás Ó Searcáin; sin é fear an bháid a théann isteach chuig Oileán na gCaorach,' arsa Diarmaid, agus é ag dearcadh thar mo ghualainn.

'Agus sin é Sé Ó Ceallacháin; eisean atá ag iarraidh galfchúrsa a dhéanamh de chuid den fheirm atá aige,' arsa Seán.

'Ó, as ucht Dé ort, agus léigh an diabhal rud,' arsa Fiona.

Ní róshásta atá muintir na háite seo leis an scéala go mb'fhéidir go ndearbhófaí ina shuíomh a bhfuil tábhacht seandálaíochta leis, an talamh cois cósta láimh leis an mbaile beag, Cill Tíomúin; agus tá baol ann go ndiúltóidh na húdaráis phleanála cead do ché nua a theastaíonn má tá an bád farantóireachta le teacht i dtír le lag trá.

Tá baol ann freisin go ndiúltófar cead pleanála don ghalfchúrsa nua atá beartaithe ar na dumhcha máguaird.

'Ní léir dom an bhaint atá aige seo linne,' arsa Breandán. 'Scéal eile a bheadh ann dá mba rud é go raibh galfchúrsa ann...'

'Léigh an chéad ghiota eile,' arsa Fiona.

Deartaithe ar na dumhcha máguaird

D'fhógair an Seandálaí, William Marshall, nach gcuirfeadh rud ar bith dá bhuille é. 'D'fhéadfadh gur suíomh é seo a mbeadh tábhacht idirnáisiúnta leis. Gheobhaidh mé, cóir máireach, an fhianaise atá mé a lorg, má chaithim an tochailt uile a dhéanamh mé féin.'

'Ní thuigim fós cén bhaint atá aige seo linne,' a dúirt mé.

'Sa teach lóistín seo againne atá sé ag fanacht,' a dúirt Fiona. 'Bhí sé ag insint an scéil uile do mo mháthair aréir. An dream a bhí fostaithe aige leis an tochailt a dhéanamh, is cosúil gur éirigh siad uile as. Faitíos a bhí orthu roimh Thomás Ó Searcáin agus roimh Shé Ó Ceallacháin. Nuair a ghabhfaidh an boc seo, William Marshall, ar ais leis go Baile Átha Cliath, ní bheidh duine ar bith ann le jab a thabhairt dóibh, seachas an Searcánach agus an Ceallachánach. Tá barúil ag an seandálaí go ndearnadh bagairtí ar na fir.'

12

D'aontaigh mé féin leis. Drochearra ceart a bhí sa Searcánach, seachas duine ar bith eile. Ní thógfainnse ar na fir sin é éirí as jab nach mbeadh ann ach cúpla seachtain eile oibre ar aon nós.

'Tuige nach bhfaigheann sé JCB?' a d'fhiafraigh Seán.

'De láimh a chaithfear é a thochailt,' arsa Fiona. 'Ach ní hé sin an pointe. An é an chaoi nach dtuigeann tú...?'

Ansin a thuig mé an rud a bhí i gceist aici. Bhreathnaigh mé ar an bpictiúr den seandálaí. Bhí éadan cineálta, seanaimseartha air, agus cineáltas freisin ina dhá shúil.

'Anois céard a déarfá linn,' a dúirt mé in aird mo chinn agus mo ghutha agus rinne mé féin agus Fiona bos le bos san aer.

'Céard atá oraibh?' a dúirt Breandán, ag stánadh orm i leith is gur gealt mé.

Bhreathnaigh mé thart. Bhí teas sa ghrian agus bhí an spéir gorm agus gan oiread agus clabhta inti. B'in mar a bhí le mí anois. Bhí daoine a rá nach raibh samhradh chomh maith againn le blianta.

'Tumadh san fharraige le muid féin a fhuarú

nuair a bheas teas orainn de bharr na tochailte,' a dúirt mé le Fiona, agus ba léir nár cheap sí gur drochsmaoineamh é.

'Breac nó dhó a mharú nuair a bheidh an boc seo ag scrúdú na nithe a bheidh tochailte aníos againn.' Anois a bhí an plean á fheiceáil do Bhreandán.

'Is fearr é ná a bheith ag obair i siopa an bhúistéara sa teas mór seo,' arsa Seán agus straois air.

'Ach an mbeimis uaidh?' arsa Diarmaid.

'Sin é ansin é, an bhfeiceann tú thall é,' arsa Fiona, agus í ag díriú méire ar sheanfhear a bhí ag teacht amach as an siopa nuachtán. Bhí a éadan chomh dearg le coileach turcaí agus ba léir go raibh lán a chraicinn d'olc air.

'Gabhaigí i leith,' arsa Fiona agus leanamar í.

'Haigh, Mr Marshall,' a dúirt sí, mar a bheadh cúthaileacht uirthi, nuair a thángamar fad leis.

'Ó, Fiona, Dia duit, a stór.'

'Shílfeá go bhfuil rud éigin ag cur as duit,' arsa Fiona go cineálta. Sheas an ceathrar againne taobh thiar di, ag aclú ár gcuid matán agus ag iarraidh cuma na hoibre a chur orainn féin.

'Ní chreidfeá é!' Bhí tuin ghalánta air agus a glór géar. 'Níl oiread agus siopa sa bhaile mór a ligfidh dom fógra a chrochadh ann ag cuardach daoine le coicís oibre a dhéanamh ag tochailt dom. Caithfidh mé roinnt fear a aimsiú. Coicís eile agus beidh a oiread fianaise agam agus a theastaíonn.'

'Ní iarrfadh na buachaillí seo ach a bheith ag tochailt,' arsa Fiona.

'Ba mhaith leo coicís a chaitheamh leatsa – mar thaithí oibre,' arsa Sinéad, ag tacú léi.

'Cuireann an scoil amach ar feadh coicís taithí oibre iad.' Bhí a cion féin á dhéanamh ag Áine.

'Is aoibhinn linn an stair,' a dúirt mé féin go beo.

'Go mór mór, cná…'

'Dún do chlab!' a dúramar uile faoi na fiacla, ach is beag aird a bhí ag Mr Marshall orainn. Bhí sé ag breathnú orainn amhail is gurb é Bono agus U2 a bhí os a chomhair nó diabhal éigin.

'Tá suim faoi leith acu sa tréimhse neoiliteach,' arsa Fiona go pointeáilte.

'Ach nach iontach go deo an smaoineamh é sin.' I gcogar, geall leis, a dúirt sé na focail.

'An bhfuil sibh cinnte nach miste le bhur dtuismitheoirí? Nó le bhur múinteoirí? Ní bheidh an obair róchrua oraibh, agus an teas mór atá ann faoi láthair?'

'Déanfaimid ár ndícheall,' arsa Seán agus cuma na dáiríreachta air. Mór is fiú nach ndúirt sé tada faoi dhul ag snámh. Bheadh sé sách luath againn labhairt faoi sin tar éis cúpla lá.

'B'fhéidir go scríofá nóta dúinn le tabhairt don mhúinteoir,' arsa Breandán.

'An-smaoineamh,' a dúirt mise. 'Beidh sí fíorshásta. Tá a fhios aici go bhfuil an-tóir againn ar ...'

'ar an tréimhse neoiliteach,' a dúirt Fiona, agus d'aontaigh mise léi, ach bhí a pheann tógtha amach cheana féin ag Mr Marshall.

Agus is mar sin a thosaigh an scéal ar fad. Bhí ríméad ar Iníon Ní Mhainnín faoi; bhí an chuid eile den rang ite le héad; gáire a rinne na tuismitheoirí faoi, á rá go gcoinneodh sé ar bhealach ár leasa go ceann cúpla seachtain muid.

B'IN AN CHEANNLÍNE MHÓR a bhí ar an nuachtán taobh amuigh den siopa agus mé ag scinneadh síos an cnoc ar mo rothar i dtreo na farraige maidin Dé Luain. Níl a fhios cé méid scorach pusach, faoina n-éide scoile, a casadh orm agus iad ag spágáil suas an cnoc chun na scoile. Ní raibh ormsa ach bríste gearr agus T-léine agus bhí mo chulaith snámha i mo mhála agam, ar fhaitíos na bhfaitíos, chomh maith le mo lón.

Bhí an-spórt go deo againn. Taobh thall de na dumhcha a bhíomar ag tochailt, ar theorainn thalamh Shé Uí Cheallacháin. Bhí an t-ádh orainn, sa mhéid gurbh í mí na Bealtaine a bhí ann agus go mbíodh na maidineacha fionnuar agus go mbímis in ann roinnt mhaith tochailte a bheith déanta againn faoin am ar tháinig an sean-Mharasclach, agus théimis ag snámh fad a bhíodh seisean ag scrúdú an charnáin a bhí tochailte againn; ansin dhéanaimis buille eile oibre, théimis ag snámh arís, ansin bhíodh greim le hithe againn agus ansin thugaimis aghaidh ar an mbaile sula mbíodh cead amach tugtha don dream a bhí ar scoil fós. Fear deas a bhí sa William Marshall seo agus tá a fhios ag an lá gur spreag sé suim ionann sna nithe a raibh sé ag teacht orthu i gcarn aoiligh Neoiliteach.

MAIDIN DÉ CÉADAOIN ba mise ba thúisce a bhí ann agus bhí mé ag tochailt liom taobh leis an sconsa nuair a luigh scáil orm. Bhreathnaigh mé suas agus cé a bheadh ann ach Sé Ó Ceallacháin, agus a éadan chomh dearg leis an T-léine a bhí ormsa.

'Ná tar níos gaire do mo thalamhsa,' a d'fhógair sé. 'Má dhéanann tú aon damáiste don sconsa sin, casfaidh mé do chloigeann siar ort.'

Ní dúirt mé féin smid. Bhí cleachtadh agam ar theach ósta ó bhí siúl agam agus b'in rud amháin a d'fhoghlaim mé go luath sa saol: 'coinnigh do bhéal dúnta nó d'fhéadfadh sé do shrón a bhriseadh,' a deireadh m'athair liom.

'Agus féadfaidh tú a rá leis an Marshall sin nárbh fholáir dó aire mhaith a thabhairt dó féin,' a dúirt sé siar thar a ghualainn agus é ag imeacht leis suas an cnoc. 'Ná tar trasna an chlaí teorann. Tá tarbh curtha sa pháirc agam.'

Fós ní dúirt mé focal ach choinnigh mé orm ag obair – siar go maith ón sconsa. D'fhan an Ceallachánach ansin ina staic cúpla nóiméad ag stánadh orm go dtí gur chas sé thart agus gur bhailigh leis. Chuaigh mise ar ais go dtí an chéad pholl a bhí tochailte agam agus choinnigh orm ag tochailt.

Bhíomar síos chomh fada leis an gcré dhubh, bhí deireadh le gaineamh anois; bhí saothar ag baint léi. Thosaigh an t-allas ag teacht liom; bhreathnaigh mé ar m'uaireadóir, agus mé ag iarraidh a dhéanamh amach cén mhoill a bhí ar an dream eile. Ba ansin a chonaic mé é: an rud a bhí mé a thóraíocht, an rud a raibh Mr Marshall ag díriú ár n-aird air.

Cheapfá nach tada é, ach ciorcal mór dubh a bhí ann. Is ar éigean a bhí sé níos mó ná an lorg a d'fhágfadh cuaille nua-aimseartha. Is é a bhí ann ceart go leor! Thóg mé amach an fón go beo agus bhain mé obair as m'ordóg.

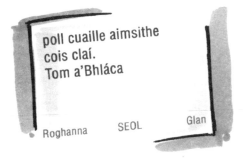

poll cuaille aimsithe cois claí.
Tom a'Bhláca

Roghanna   SEOL   Glan

Sheol mé an teachtaireacht chuig Mr Marshall agus chuir mé cóip di chuig Breandán, Seán, Diarmaid agus chuig Fiona. Bhí an chéad rian de theach Neoiliteach aimsithe agam – nó sin a cheap mé a bhí ann. Leag mé uaim mo láí agus amach liom ar an mbóthar chun fanacht leo.

'Is beag cosúlacht atá air,' arsa Breandán nuair a bhí an triúr eile tagtha.

'Nach é sin a dúirt Mr Marshall linn a chuardach,' a dúirt mise.

'Seo chugainn é,' arsa Seán, 'D'aithneoinn torann an tseanghliogair sin de charr atá aige áit ar bith.'

'Nach gceapfá go gceannódh sé carr ceart dó féin,' arsa Diarmaid. 'Tá an carr sin deich mbliana d'aois – agus mise ag ceapadh go mbeadh airgead mór ag seandálaithe.'

'Má tá, ní aigesean atá sé,' a dúirt mé. 'Breathnaigh ar na seanghiobail a bhíonn air, agus ní in aon óstán galánta atá sé ag cur faoi ach sa lóistín is saoire atá sa bhaile.'

Ní fhaca mé riamh siúl mar sin ag Mr Marshall roimhe sin. Bhí an carr ag gleadhradh suas an cnoc agus púir dheataigh aisti. Níor dhún sé doras an chairr ina dhiaidh go fiú ach thosaigh ag rith chugainn trasna na ndumhcha.

'An bhfuair tú mo theachtaireacht?' a dúirt mise, ach b'in ceist nár ghá a chur. Bhí a éadan lasta agus bhí loinnir ina dhá shúil. Bhí sé lán le teannas, shílfeá, agus é ag dul ar a dhá ghlúin ar an talamh fhliuch, ag baint lán a dhá shúl as an gciorcal dorcha a bhí in aice an sconsa. Ansin bhreathnaigh sé aníos orainn agus é mar a bheadh páiste beag ag oscailt a bhronntanas lá Nollag.

'An dtuigeann sibh céard atá i gceist leis seo, a bhuachaillí?'

'Ó, tuigeann,' arsa Breandán, agus shílfeadh duine ar bith gur thuig. Bhí cleachtadh maith againne ar an gcleas seo aige. Eisean ag coinneáil eolais linn agus muidne ansin inár n-amadáin ag aontú leis amhail is gur ar scoil a bhíomar.

Ach ní mar sin a bheadh an uair seo. Mise a tháinig ar an bpoll cuaille seo agus bhí gach eolas faoi uaim.

'Níl lorg braoin anuas air,' arsa Mr Marshall, agus é ag scrúdú na talún mórthimpeall air, ag déanamh ciorcail lena lámh timpeall ar an smál dorcha.

'Níl lorg braoin anuas air,' arsa Seán go stuama, mar a bheadh macalla ann.

'Níl lorg braoin anuas air, Tom,' arsa Breandán in ard a chinn, ar nós gur bodhar a bhí mé. Thosaigh sé ag cur téacs chuig Sinéad.

D'aimsigh Tom poll cuaille. Níl lrg braon anuas r.

'Is é an chaoi a bhfuil sé, a Tom,' arsa Mr Marshall agus é ag éirí dá ghlúine, le dua. 'Dá mba rud é gur ar an taobh amuigh den teach a bhí an cuaille seo, bheadh smál dorcha taobh amuigh de chiorcal an chuaille, faoin áit a raibh an tuí ag gobadh amach: le himeacht na mblianta, agus an bháisteach ag sileadh anuas den cheann tuí, fágann an braon anuas lorg buan ar an gcré.'

'Ach tuige mar sin nach bhfuil lorg braoin anuas gar do mo chuaillese, más mar sin a bhíonn an scéal,' a dúirt mé féin.

'Mar gurb é an cuaille láir é, ar ndóigh,' a dúirt Mr Marshall, agus aoibh lúcháire ar a éadan.

cuaille láir
mórscéala

Bhí Sinéad á coinneáil ar an eolas ag Breandán.

'Léireoidh mé daoibh é.' Chuaigh an Marasclach anonn de léim chuig a charr agus rad amach ar an talamh a raibh de ghiuirléidí ar an suíochán cúil – seanchóta bréan plaisteach ina measc. Tháinig sé ar ais agus ríomhaire glúine ón díle aige.

'Féach anois,' a dúirt sé, tar éis dó a bheith ag útamáil leis ar feadh cúpla nóiméad. Seo samhail de cheann a thochail mé anuraidh i mBaile an Chaisleáin.

'Á,' a dúirt mise, agus mé ag féachaint timpeall go mall. 'Más i lár an tí a bhí an cuaille seo, chaithfeadh sé gur ar thalamh Shé Uí Cheallacháin a bhí leath an tí.'

'Go díreach,' arsa Mr Marshall. 'Bhí a fhios agamsa riamh go raibh an baile ag dul siar chomh fada seo, agus anois tá a chruthú agam.' I ngan fhios dó, leag sé lámh ar an sconsa leictreach agus thosaigh sé ag pocléimneach nuair a chuaigh an turraing suas trína lámh.

Ní raibh faitíos ar bith orm ach go dtiocfadh taom croí air. Bhíomar ag baint an-spraoi as.

Go tobann, b'eo chugainn Sé Ó Ceallacháin, agus máilléad agus gnáthchuaille nua-aimseartha á n-iompar aige. Bhí clár faoina ascaill aige agus chaith sé uaidh ar an talamh é. Níor thug sé aird ar bith orainne ach sháigh an cuaille sa talamh, d'fhostaigh leis an máilléad é agus ghreamaigh an clár suas de le tairne. D'imigh sé leis ansin gan breathnú orainn, go fiú.

Níor ghá dúinn dul ní ba ghaire don chlár leis na focail a dhéanamh amach. Bhí gach ceann de na litreacha troigh ar airde.

'Tá sé sin in aghaidh an dlí,' arsa Mr Marshall, agus cuthach air. Níor cheart tarbh a bheith i ngarraí atá buailte ar an mbóthar nó ar chosán poiblí.'

'Má tá, is minic an dlí á bhriseadh thart anseo,' a dúirt Breandán faoina anáil.

'Anois a bhuachaillí,' arsa an Marasclach, agus á lámh á cuimilt aige fós, 'tá obair le déanamh againne.' D'imigh sé leis ansin de rith, chuig a ghliogar de sheancharr, chart sé cúpla rud eile amach ar an bhféar, agus tháinig ar ais agus téip tomhais agus slata iarainn aige.

'Seas tusa ansin ar cheann na téipe tomhais, a Sheáin,' a dúirt sé.

'Is éasca seo ná an tochailt,' arsa Seán, ach níor thug Mr Marshall aird ar bith air.

'Trí mhéadar,' a dúirt sé, trína chuid fiacla. 'Triailfimid trí mhéadar, i dtosach ar chaoi ar bith. Seo duit, a Tom, beir ar an téip tomhais anseo, san áit a bhfuil an marc trí mhéadar air, agus siúil thart i leathchiorcal. Sáfaimid na slata iarainn troigh óna chéile.'

Nuair a bhí an jab déanta againn, cheapfá gur dún beag spraoi le haghaidh páistí a bhí ann.

'Anois, gabhfaimid ag tochailt feadh na líne seo, chomh domhain is a chuaigh Tom nuair a tháinig sé ar an gcuaille.' Rug an Marasclach ar láí agus thosaigh sé ar an gcéad chuid é féin. 'An chéad duine a thiocfaidh ar pholl cuaille, féadfaidh sé dul ag snámh. Féadfaidh sibh uile dul ag snámh nuair a bheidh poll cuaille aimsithe agaibh,' a dúirt sé ina dhiaidh sin. Bhí a fhios aige faoi seo go mbíodh toradh ar an mbreabaireacht.

Thosaigh m'fhón ag dordán. Sciob mé as mo phóca é. Fiona a bhí ann.

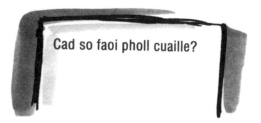

Cad so faoi pholl cuaille?

Rad mé freagra sciobtha chuici.

Inso m dut nis dé9

Ní raibh am ar bith le spáráil. Ba mhian liom a bheith ar an gcéad duine a thumfadh é féin san uisce gorm faoi bhun na haille.

ACH BA É SEÁN a d'aimsigh an chéad chuaille eile. Chuaigh seisean ag tochailt taobh amuigh den chiorcal, mar ba dhual dó, agus bhí an t-ádh air.

'Iontach,' a dúirt Mr Marshall. Chaith sé uaidh a láí agus thosaigh sé ag glanadh thart ar an gciorcal dorcha.

'Anois, má bhreathnaíonn tú cúpla troigh amach uaidh, feicfidh tú an áit a raibh an sileadh,' a dúirt sé, ach bhí Seán imithe leis. Bhí a chuid éadaigh snámha crochta leis aige agus bhí sé imithe leis ina rith te reatha chun na farraige síos. Bhí ciall ag a leithéid; fear deas a bhí sa Mharasclach ach bhíodh sé ag súil i gcónaí go mbeadh an oiread suime againne sa scéal seo agus a bhí aige féin. Rinneamar uile neamhshuim den chaoi a raibh sé ag breathnú siar thar a ghualainn, agus thomhais mise arís an fad ón gcuaille láir go dtí cuaille Sheáin agus ansin d'athraigh mé an leagan amach a bhí ar na slata iarainn. Bhí Breandán ag tochailt cheana féin mar a bheadh Dia á rá leis, agus é san áit cheart, a bheag nó a mhór.

Ba é Diarmuid an chéad duine eile a tháinig ar chuaille agus nuair a tháinig, d'imigh sé leis go dtí an fharraige, áit a raibh Seán. Thart ar an am céanna a tháinig mé féin agus Breandán ar na cuaillí seo againn féin.

'Imígí libh anois,' arsa Mr Marshall agus é ag tógáil amach a fhón póca. 'Ach ná bígí rófhada imithe. Is mian liom go mbeadh gach uile shórt faoi réir againn don lá amárach.'

Ocras, faoi dheireadh, a dhíbir as an uisce muid. Bhí roinnt mhaith ama caite ag an Marasclach ar an bhfón; mar sin ní rabhamar ciontach nuair a chonaiceamar ansin é agus a láí ina lámh aige nuair a thángamar amach.

'Tóg sos. Tóg *Kit Kat*,' a dúirt Breandán leis.

'Céard a dúirt tú? Ó, lón – an-smaoineamh.' Ba léir go raibh a intinn ar rud éigin eile. Bhí tús an chiorcail 'silte' aimsithe aige agus chaith sé i leataobh an láí agus síos leis ar a dhá ghlúin gur thosaigh sé ag scríobadh go cúramach le lián.

Chuaigh mé féin anonn chuig an gcarr lena bhosca lóin a fháil dó. Ní íosfadh sé greim murach sin. Dhéanadh máthair Fiona lón dó gach uile mhaidin, agus más fíor do Fiona, ba mhinic nár ith sé é. Cén t-iontas go bhfuil a bhean ag iarraidh imeacht uaidh, a dúirt máthair Fiona.

'Nach iontach an chaoi a bhfanann lorg an bhraoin anuas ar an talamh ar feadh na mblianta fada,' a dúirt mé leis agus mé ag teacht ar ais lena chuid ceapairí. Níor ghá a thuilleadh a rá. D'éirigh sé as an tochailt agus chaith sé leathuair an chloig ag míniú dúinn an chaoi ar tharla sé, agus bhí lón ar ár suaimhneas againn.

'Bíodh culaith agus carbhat oraibh ar maidin amárach, a bhuachaillí,' a dúirt sé agus muid ag caitheamh bruscar aráin chuig na faoileáin.

Stánamar air agus ár súile ar leathadh; rinne sé gáire. Bhí an-ghiúmar air.

'Ag magadh atá mé,' a dúirt sé, 'ach beidh tuarisceoir as RTÉ anseo ar maidin, agus na fir cheamara ina theannta, ar ndóigh.'

'Ceamaraí!' arsa Breandán. 'An é atá tú a rá go mbeimid ar an teilifís?'

'Is é,' arsa Mr Marshall, agus é chomh sásta le cat a mbeadh póca air. 'Agus níl a fhios cé mhéad tuairisceoir eile a bheidh anseo ó na nuachtáin laethúla. Agus, ar ndóigh, ceathrar comhaltaí den Bhord Pleanála. Níl a fhios agam cén fáth a gcaithfidh ceathrar acu teacht, ach sin a dúirt siad liom nuair a chuir mé glaoch orthu.'

D'fhéadfainnse an méid sin a bheith mínithe agam dó. Nach mbeadh a fhios ag duine ar bith é. Bhí siad uile ag iarraidh a straois a bheith ar an teilifís. Níor bhac mé é a rá leis. Bhí an fón amuigh arís agam le téacs a chur chuig Fiona.

Beimid r TV!!!
Poill chuaille &
sileadh

Roghanna   SEOL   Glan

Scríobh mé an teachtaireacht agus bhreathnaigh mé anonn ansin ar fhón Bhreandáin. Bhí freagra curtha ag Sinéad chuige cheana féin.

Crd chaithfeas tú?

'Fág faoi na mná é!' arsa Breandán, ach shílfeá go raibh imní air. Thaispeáin sé an teachtaireacht do Sheán agus do Dhiarmaid.

'Piocúil neamhfhoirmiúil,' arsa Seán, gan fiacail a chur ann.

'Céard é sin?' arsa Diarmaid, ach bhí Breandán i mbun oibre cheana féin.

'Ní dóigh liom gur mar sin a litríonn tú "neamhfhoirmiúil",' arsa an Marasclach agus é ag breathnú siar thar a ghualainn.

'Fillimis ar an obair,' a dúirt mise agus mé ag breith ar láí.

BHÍOMAR UILE BAILITHE thíos le cois na haille faoin 8.00 maidin lá arna mhárach. Bhí ár gcuid éadaigh roghnaithe dúinn ag na cailíní ón oíche roimhe sin. Chuir Fiona chaoi ar mo *jeans* Dunnes Stores agus rith Mam Tigh ALDI gur cheannaigh ceithre cinn de T-léinte bána dom, nuair a chuir mé téacs chuici.

'Níl mé ag rá gur ardfhaisean iad,' arsa Sinéad, 'ach tá an dath bán go deas oraibh agus sibh uile chomh donn tar éis na gréine.'

Bhí an scéal inste do leath an bhaile ag
máthair Bhreandáin, agus faoina naoi a chlog
níl a fhios cé mhéad duine a bhí ann, go leor de
bhuachaillí Scoil na mBráithre ina measc, agus
iad ina seasamh thart ar na dumhcha. Níorbh
iad amháin a bhí ann. Bhí Tomás Ó Searcáin
agus Sé Ó Ceallacháin ann freisin. Chonaic mé
iad agus iad ag dearcadh thart go géar, ach ní
raibh amharc ar bith ar fhoireann na teilifíse ná
ar dhuine ar bith a raibh cosúlacht
comhairleoir contae air; bhris siad a mbealach
trí na daoine, suas chuig an Marasclach.

'Mura n-éireoidh tú as an ealaín seo, beidh
aiféala ort.' Sin é a raibh le rá ag Sé
Ó Ceallacháin. Ba bheag a dúirt sé, ach an
chaoi a ndúirt sé é, chuirfeadh sé faitíos, agus
an-fhaitíos ar dhuine.

'Thíos i bpoll agus do mhuineál briste – sin é
an deireadh a bheidh ort.' Bhí a raibh le rá ag
Tomás Ó Searcáin ábhairín níos foréigní fós.

'Agus trí chuid déanta de,' a dúirt Sé Ó
Ceallacháin. Níor chuir sé sin, mórán, le
cruthaitheacht na habairte, mar a déarfadh an
Máistir Ó Cróinín, an múinteoir Gaeilge a bhí
againn.

Níorbh aon dóithín é an Marasclach. Amach aige lena fhón póca gur rad isteach cúpla uimhir ann.

'An é sin an Garda Pádraig Ó Murchú?' a dúirt sé ina thuin ghalánta. 'Seo é William Marshall, an seandálaí anseo. Tá mé anseo thuas ar thaobh na haille, taobh le baile fearainn Bhaile na Trá. Ní maith liom cur isteach ort, ach tá trioblóid bheag agam anseo: tá beirt ag bagairt foréigin orm. Creidim gur Tomás Ó Searcáin atá ar dhuine acu agus Sé Ó Ceallacháin ar an duine eile'

'Hea?' a chualamar Paddy a rá. Níorbh é Paddy an té ba chliste agus ní bheadh an cupán tae féin ólta aige an tráth seo de mhaidin.

'B'fhéidir gur mhaith libh an bhagairt sin a dhéanamh arís – an rud a dúirt sibh faoi thrí chuid a dhéanamh de mo mhuineál – é a rá arís go gcloisfidh an Garda é,' a dúirt Mr Marshall, agus an fón thuas san aer os comhair na beirte aige.

Bhreathnaigh siad air go nimheanta agus ghread leo.

'Ó tá, tá mé anseo fós,' arsa an Marasclach isteach san fhón. 'Tá, tá sin fíor, beidh lucht na teilifíse anseo nóiméad ar bith. D'fhéadfadh, d'fhéadfadh, ach tá na fir imithe leo anois.'

Bhí cluas le héisteacht ar feadh nóiméid air agus ansin dúirt sé: 'Féadfaidh tú, a Gharda Uí Mhurchú, tuige nach bhféadfadh; ba bhreá liom dá dtiocfá anuas.'

Sháigh sé a fhón ar ais ina phóca agus d'imigh leis anonn ag fógairt ar pháistí a bhí ag dul róghar don áit a raibh lorg an bhraoin anuas.

'Paddy ag iarraidh go mbeadh a phus mór gránna ar an teilifís,' a dúirt Breandán.

BHÍ MUINTIR AN BHAILE uile i dteach ósta m'athar an tráthnóna sin go bhfeicfidís nuacht a sé a chlog. B'iondúil go ruaigeadh Daid mé féin agus mo chuid cairde as an mbeár; ach níor ruaig sé an uair seo muid. An-fhear gnó é Daid agus is maith a bhí a fhios aige go mbeadh daoine ag iarraidh labhairt linn go gcloisfidís an scéal. Ar ndóigh bhí an t-achrann le Tomás Ó Searcáin agus Sé Ó Ceallacháin thart faoin am ar tháinig lucht na teilifíse, cé gur thaispeáin siad Paddy agus é ag gardáil poll mór – ach rinne Breandán scéal an ghamhna bhuí de.

'Tá cuma iontach ort, a Bhreandáin,' arsa Sinéad, agus í ag baint lán a dhá súl as an scáileán.

'Tá, agus ortsa, Tom,' arsa Fiona.

'Beidh an áit chomh ciúin le reilig amárach,' arsa Seán ag deireadh na hoíche agus na mílte buidéal folamh á n-iompar amach ar chúl an tí ósta againn.

AR AN TAOBH EILE den bhaile atá cónaí ar Bhreandán, ar Sheán agus ar Dhiarmaid, dá bhrí sin is iondúil gur mise is túisce a bhíonn le taobh na haille. Bhí mé níos moille ná mar ba dhual dom an mhaidin tar éis an chláir teilifíse. Ní raibh amharc ar bith ar na buachaillí ach bhí carr an Mharasclaigh ann romham. Thóg mé an láí den dumhach, áit arbh iondúil a bhfágaimis iad (chaithimis cúpla buicéad gainimh i gcónaí orthu agus, ar chaoi ar bith, bhí a ainmsean orthu), agus siúd liom anonn go dtí an áit a rabhamar i mbun tochailte.

Ní raibh amharc ar bith air féin. Ní raibh a fhios agam céard ba cheart dom a dhéanamh agus shuigh mé síos ag fanacht. Nuair a bhí mo dhóthain suí déanta agam, d'éirigh mé i mo sheasamh agus thosaigh mé ag siúl timpeall. Bhí a fhios agam go raibh sé féin tosaithe ag obair mar bhí poll nua taobh leis an sconsa leictreach. Bhí cuma air go raibh sé domhain go leor mar pholl, mar bhí carnán mór gainimh agus cré taobh leis. Bhuail mé anonn chuige, agus bhreathnaigh mé isteach ann, agus ba ansin a scanraíodh an t-anam asam.

Bhí sé ann, thíos i dtóin an phoill. Bhí sé cuachta ann ar bhealach a bhí an-mhínádúrtha ar fad.

Ar feadh nóiméid nó dhó, chuir mé ina luí orm féin gurbh é an chaoi a raibh an poll á ghlanadh amach le lián aige, ach bhí a fhios agam i mo chroí istigh nach raibh. Bhí a chloigeann casta, ag breathnú siar agus bhí a dhá shúil leata agus iad ag stánadh ar an spéir.

Bhí mé ar ballchrith agus an fón á thógáil amach agam. Ní raibh a fhios agam beo céard ba cheart dom a dhéanamh; murarbh ionann agus an Marasclach, ní raibh uimhir stáisiún na nGardaí ar liosta teagmhálacha m'fhóin agam. Ní dhearna mé ar deireadh ach mar a dhéanann siad ar an teilifís agus 999 a bhrú.

THÁINIG PADDY agus fuadar faoi, go díreach agus mé ag míniú an scéil do na buachaillí. Bhí na rothaí ag scréachaíl faoin gcarr agus é ag tarraingt isteach ar an bhféar. Léim sé amach agus níor dhún sé doras an chairr ná níor chas sé as an t-inneall go fiú.

'A Mhaighdean bheannaithe!' Shílfeá go raibh taom ag teacht air. 'Tá sé básaithe ceart go leor.'

'An é an chaoi gur dúnmharaíodh é?' a d'fhiafraigh Breandán. Bhí sé tagtha chuige féin anois ach ba bheag nár baineadh an t-anam as féin agus as Diarmaid agus as Seán nuair a chonaic siad an corpán i dtosach.

'Ó ní hé, ní hé, beag an baol gurb é.' Bhí Paddy ag tóraíocht a fhón póca. 'Is dócha nach bhfuil ann ach gur thit sé síos sa pholl agus gur briseadh a mhuineál.'

'Ní bhrisfí muineál páiste féin dá dtitfeadh sé síos sa pholl sin,' arsa Seán.

'Níl an poll sin ach trí troithe ar doimhneacht,' a dúirt Diarmaid.

'Is amhlaidh a caitheadh isteach ann é,' a dúirt mise.

'Sin é an fáth a bhfuil an chuma bhrúite sin air,' arsa Breandán. Bhí sé ag teacht chuige féin agus shílfeá go raibh sé cineál corraithe.

'Is léir an chaoi ar tharla sé,' a dúirt mé le Paddy. 'Bhris duine éigin a mhuineál agus chaith siad síos sa pholl beag sin é. Is dóigh go raibh sé lena chur go dtí gur tháinig mise. Sin é a tharla, de réir mar a dhéanfainnse amach é,' a dúirt mé, agus mé á rá liom féin go gceapfá gur mé an boc sin ó *CSI Miami* ar an teilifís. Ní hé Paddy an duine is meabhraí amuigh, agus theastódh lámh chúnta uaidh, a dúirt mé liom féin, ach is léir go raibh an iomarca ráite agam, mar las a éadan tuilleadh agus thosaigh sé ag béiceach orainn:

'Greadaigí libh anois agus gabhaigí ar ais ar scoil.' D'oscail sé siar a fhón póca agus a lámha á luascadh san aer aige agus é ag bagairt orainn.

Sheasamar siar uaidh beagán. 'Beidh orainn fiafraí den mhúinteoir céard ba cheart dúinn a dhéanamh,' arsa Breandán. 'Dúradh linn gan éirí as jab 'taithí oibre' gan dul i dteagmháil le hIníon Ní Mhainnín.'

Lig Paddy gnúsacht as. Is dócha go mbíodh Iníon Ní Mhainnín á mhúineadh féin agus nach raibh sé ag iarraidh titim amach léi. Chuaigh sé tharainn de rúid, léim isteach sa charr, dhún an doras de phreab, agus thosaigh sé ag cur uaidh isteach san fhón póca. Bhí sé ag deargadh leis i gcónaí agus é ag síorbhreathnú anall orainne. Sheasamar ann agus muid ag iarraidh cuma na maitheasa a chur orainn féin.

Nóiméad ina dhiaidh sin, sháigh sé an fón ar ais ina phóca agus tháinig as an gcarr.

'B'fhearr daoibh dul anonn ansin agus suí síos.' Bhí a lámh san aer aige agus a mhéar sínte go fánach i dtreo Oileán Caorach aige, agus ansin dúirt sé, in aghaidh a thola, shílfeá: 'Beidh sibh ag teastáil mar fhinnéithe.'

'Iiiiiontach,' arsa Breandán.

'Is dóigh gurbh é Tom an chéad duine a mbeifear amhrasach faoi,' arsa Diarmaid.

'Dún do chlab,' a dúirt mé. B'fhéidir nach é sin ab fhearr a rá ach bhí mé trína chéile. Thaitin sé liom – an seandálaí. Bhí sé as a mheabhair, ach ba dheas an duine é. Thug mé dorn do Dhiarmaid le faoiseamh a thabhairt dom féin.

'Éirígí as an ealaín sin anois díreach nó gabhfaidh sibh ar ais ar scoil,' a dúirt Paddy, ach ba go patuar a dúirt sé é. Bhí sé gnóthach ag rolladh amach téip phlaisteach dhearg is bán, agus é ag sá cuaillí timpeall ar an áit a raibh Mr Marshall ag tochailt. Ansin chroch sé fógraí orthu.

Bhí na fógraí chomh mór agus go bhféadfaí iad a léamh míle ó bhaile – ach nach raibh aon duine ann lena léamh, ach cúpla bó sna páirceanna agus corrfhaoileán a bhí ag eitilt lastuas.

Bhí Paddy ag siúl siar agus aniar, é ag breathnú ar a uaireadóir anois is arís diabhal duine a bhí ag teacht. Thóg Breandán amach a fhón go fíorchúramach – shílfeá gur os comhair Iníon Ní Mhainnín a bhí sé á dhéanamh.

'Fan go mbeidh sé inste do Fiona agam,' a dúirt mise, agus m'fhón féin á thógáil amach agam.

'Shílfeá go bhfuil cantal ort,' arsa Breandán. Ní dúirt mé tada ach tosú ar an téacs ar an bhfón. Bhí an scéal seo ag goilleadh orm ach ní fhéadfainn a ligean orm féin go raibh. Bhíomar uile ag iarraidh cuma na réchúise a chur orainn.

Bhí a fhios agam go raibh cion ag Fiona ar an Marasclach bocht. Bhí sé ag fanacht sa lóistín acusan le cúpla mí anuas. Ní raibh mé ag iarraidh gurbh í Sinéad a thabharfadh an scéal di.

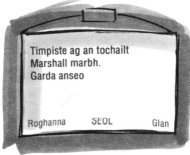

44

D'fhan Breandán go raibh mé réidh agus ansin chuir sé téacs chuig Sinéad. Tháinig freagra ar ais uaithi ar an bpointe boise.

Glaofad ar RTÉ & nuachtáin

‘Gabhfaidh Paddy in aer,’ a dúirt mise.

‘Seo chugainn é,’ arsa Seán.

Chuireamar an dá fhón ar ais inár bpóca sular shroich Paddy muid agus é ag tarraingt na gcos. Shílfeá go raibh náire air.

‘D'fhéadfadh go mbcadh sibhse in ann cabhrú liom,’ a dúirt sé. ‘D'fhéadfadh sibh pointe nó dhó a mhíniú dom sula dtiocfaidh an FEAR MÓR.’

Dar liom gur dócha gur ceannfort ón gcathair a bhí san FHEAR MÓR.

‘Is é an chaoi a mbeadh áthas orainn cuidiú leat,’ arsa Breandán, agus é ag cur ghothaí an naoimh air féin.

‘An trioblóid sin a bhí san áit seo,’ arsa Paddy, go neamhchúiseach. ‘Tá a fhios agam, go ndúirt Mr Marshall, go ndéana Dia grásta air, go ndúirt sé gur dúradh rud éigin leis inné. Chuile sheans go bhfuil nóta de áit éigin sa stáisiún agam, ach inis dom arís é: céard go díreach a dúradh leis?'

Bhí barúil mhaith agam nach raibh sé scríofa síos ar chor ar bith aige, ach bhí áthas orm a bheith in ann teacht i gcabhair air.

'"*Thíos i bpoll báite agus do mhuineál briste – sin é an deireadh a bheidh ort.*" Tomás Ó Searcáin a dúirt é sin agus ansin dúirt Sé Ó Ceallacháin: "*Agus trí chuid déanta de.*" Nach mar sin é, a bhuachaillí,' a dúirt mé.

Dúirt siad uile gurbh ea: 'Sin é go díreach a dúirt siad.' Bhí sollúntacht i nglór Bhreandáin. Bhreathnaíomar uile i dtreo an phoill taobh leis an sconsa leictreach.

'Thíos-i-bpoll-báite-agus-do-mhuineál-briste,' a dúirt Paddy inár ndiaidh. Bhí sé ag scríobh go mall agus go cúramach. Ba léir go mbeadh sé sin le taispeáint don FHEAR MÓR nuair a thiocfadh sé.

ACH NÍORBH É an ceannfort an chéad duine eile a tháinig. Tuairisceoir agus ceamradóir lena thaobh, sin iad is túisce a bhí ar an láthair.

'Bhí againn na T-léinte nua sin a bheith orainn,' arsa Seán. Ach níor chuir an méid sin an chluain ormsa. Bhí dath an bháis air.

'Cén chaoi sa mhí-ádh ar chuala siadsan faoi?' arsa Paddy agus iontas air. Níorbh é an duine ba mheabhraí a rugadh riamh é. Agus ansin, nuair a rith sé leis céard a bhí tarlaithe, las a éadan.

'Brisfidh mé bhur…' a thosaigh sé a rá, sular chuimhnigh sé air féin. Arís eile, bhreathnaíomar uile anonn i dtreo an phoill a bhí lámh leis an sconsa.

BHÍ GACH UILE DHUINE ag breathnú ar an teilifís an oíche sin i dteach ósta m'athar. Bhí an ceathrar againne ann le muid féin a fheiceáil agus tháinig na cailíní freisin, ach ní raibh an oiread spóirt le baint as agus a bhí an chéad uair. Bhí drithlíní eagla ar mhuintir an bhaile an lá sin. Ba bheag caint a rinneadh faoi gcaoi ar thángthas ar an gcorp. Bhí daoine ar a n-aire, agus iad ag cogarnach.

Ar ndóigh, bhí na nuachtáin breac leis an scéal lá arna mhárach. Stop mé féin ar mo bhealach suas chun na scoile go léifinn cúpla ceannteideal.

B'in a bhí san *Examiner*

A scréach *The Sun*

B'in mar a bhí san *Irish Times*.

Bhí cúpla focal faoi i gcuid de nuachtáin Shasana, go fiú.

'MAITH THÚ, TOM. Bulaí fir, Tom. Dia leat, Tom!' Go tobann, bhí mé i mo dhia beag ag na páistí eile ar scoil. Lucht ardnósach na hArdteiste, go fiú, thógaidís a gcloigeann as na leabhair le mé a cheistiú.

'Cé acu a cheapann tú a rinne é – Sé Ó Ceallacháin nó Tomás Ó Searcáin?' a d'fhiafraigh Rónán. Tá Rónán ocht mbliana déag d'aois agus é ceaptha a bheith ar an dalta is meabhraí a sheas i scoil na mBráithre Críostaí le dhá chéad bliain anuas. Ní bheannaíodh sé dom, go fiú, go dtí seo.

'Níl a fhios agam,' a dúirt mise.

Ní dúirt mé le duine ar bith acu ach 'Níl a fhios agam,' agus ansin tháinig Breandán agus Diarmaid ar an láthair agus bhí suaimhneas agam.

BHÍ AN SCÉAL fós sna ceannlínte lá arna mhárach.

B'in a bhí san *Irish Times*

Bhí a gceannlíne ghruama coinnithe ag *The Sun* ach go raibh alt as nuachtán na seachtaine roimhe sin fúithi agus pictiúr de Thomás Ó Searcáin agus de Shé Ó Ceallacháin. Os cionn na bpictiúr, i litreacha a bhí troigh ar airde, bhí:

CEANGAL EATARTHU?

AN TRÁTHNÓNA SIN, agus mé ag teacht abhaile ón scoil, is beag nár bhuail mé faoi bhean Shé Uí Cheallacháin. Bhí triúr páistí óga léi, agus tralaí siopadóireachta á thabhairt fad lena carr aici. Bhí sí báiníneach ach go raibh a leicne círíneach, agus bhí spéaclaí gréine uirthi. Níor labhair duine ar bith léi ach iad uile ag breathnú ina diaidh nuair a bhí sí imithe tharstu.

CÚPLA LÁ ina dhiaidh sin, ba sheanscéal ag na nuachtáin an eachtra, ach tráthnóna Dé hAoine, dúradh ar an teilifís go raibh síneadh ama lorgtha ag na gardaí le tuilleadh ceistithe a dhéanamh ar an mbeirt fhear.

'NÍ CHEAPFAINNSE go raibh lámh ar bith acu ann,' a dúirt mé le Breandán maidin Dé Sathairn. Bhí an ceathrar againn tagtha le chéile ar an bhfaiche mhór ag féachaint an dtiocfadh aon duine de na cailíní thart. 'Is amadán é Sé Ó Ceallacháin, ach ní amadán críochnaithe é.'

'B'amaideach an mhaise, is dóigh, a rá le duine go mbrisfeá a mhuineál agus go gcaithfeá i bpoll é, agus gurbh é sin go díreach a dhéanfá ina dhiaidh sin,' a dúirt Breandán.

'Ach caithfidh go bhfuil fianaise éigin ag na gardaí,' arsa Seán.

'Chuile sheans nár bhac siad fianaise a fháil,' arsa Diarmaid. 'Ní dhéanfaidh siad ach iad a thabhairt isteach agus léasadh a thabhairt dóibh go dtí go ndéarfaidh siad gurb iad a rinne é. Sin é a dhéanann siad.'

'Fágaimis seo amach ann,' a dúirt mise. 'Cá bhfios nach dtiocfaimis ar roinnt leideanna. Níor ghá go mbeadh baint aige le duine ar bith anseo i gCill Tíomóin. Dúirt Fiona liom gur raibh a bhean chéile ag iarraidh imeacht uaidh. Cá bhfios nach ise a tháinig anseo lena buachaill agus a rinne é nuair a léigh siad gach a raibh sna nuachtáin.'

'Is dóigh go gcaithfidh sé an t-am dúinn ar chaoi ar bith,' arsa Breandán. 'Cuirfidh mé téacs chuig Sinéad.'

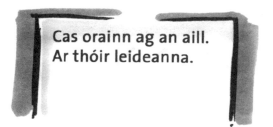

Cas orainn ag an aill.
Ar thóir leideanna.

'Déarfaidh mé le Fiona é. B'fhéidir go mbeadh sise in ann cur leis an scéal. Tháinig a bhean ar cuairt aige mí ó shin, is cosúil. Chuala Fiona in árach a chéile iad. Sin é an chaoi a raibh a fhios aici go raibh sí ag iarraidh imeacht uaidh. B'fhéidir gurbh é an chaoi ar mharaigh an bhean agus a buachaill é.'

'CÉARD GO DÍREACH atáimid a lorg, mar sin?' a d'fhiafraigh Fiona.

'Béaldath,' a dúirt Seán.

Thug Sinéad an drochshúil dó.

'A Sheáin, bíonn an áit seo dubh le lánúineacha cúirtéireachta ó cheann ceann an tsamhraidh.'

'Nár fhág dream éigin acu cóta báistí ar an sconsa,' arsa Fiona.

'Ná leag lámh air,' a dúirt mise go beo.

'Bhain an sconsa sin drochthurraing as an Marasclach an lár sular maraíodh é.'

'Seans gur sconsa ardvoltais atá ann,' arsa Breandán. 'Nach bhfuil tarbh sa gharraí acu?'

'Tá an tarbh céanna ag tabhairt anbhreathnú ortsa,' arsa Seán.

Sheasamar siar. Bhí an tarbh tagtha anuas chugainn agus é ag breathnú orainn. Ní raibh torann ar bith as agus d'fhanamarna féin ciúin go dtí go raibh bodóg feicthe aige agus go ndeachaigh sé ina diaidh.

'Coinneoidh sí sin gnóthach é go ceann uair nó dhó.' Mac feirmeora is ea Seán agus fear maith beithíoch.

Ansin rith rud liomsa. Bhreathnaigh mé ar an gcóta báistí a bhí caite ar an sconsa, agus anonn go dtí an poll a bhí taobh thiar de.

'Le Mr Marshall an cóta sin,' a dúirt mise, na focail ag teacht liom go mall. Ansin a chuimhnigh mé go raibh sé feicthe agam, dhá lá roimhe sin, caite ar an bhféar nuair a bhí a chuid giuirléidí uile caite amach as a gcarr aige, ach nach raibh tada ar an talamh an lá ar tháinig lucht na teilifíse. Bhí cuimhne agam gur bhailíomar bruscar ar bith a bhí thart an lá sin go mbeadh an áit deas glan ag lucht na teilifíse.

'Is é an chaoi ar bhain sé de a chóta sular thosaigh sé ag tochailt agus tháinig duine éigin agus bhris sé nó sí a mhuineál,' arsa Breandán.

Níor thug mé aon aird air. Bhí mé fós ag smaoineamh go dian. Ní minic liomsa a bheith ag éisteacht sa rang eolaíochta, ach ba chuimhin liom rud éigin a chloisteáil sa rang uair agus muid ag caint ar chúrsaí leictreachais. Chas mé i dtreo Sheáin.

'Céard a dhéanann d'athairse nuair a bhíonn sé ag trasnú sconsa leictreach?' a d'fhiafraigh mé agus mé ag breathnú ar an gcóta.

'Mála plaisteach a chaitheamh anuas air, mála leasacháin nó a leithéid.' Níor thuig Seán fós céard faoi a raibh mé ag caint; ní dhearna mé ach dul anonn chuig an sconsa agus lámh a leagan anuas ar an gcóta báistí.

'Ní airím tada na ngrást,' a dúirt mé, ag breathnú ó dhuine go duine orthu. 'Tá an cóta báistí do mo chosaint ar an leictreachas.' Ní dúirt duine ar bith acu focal ach iad ag stánadh orm.

'Cibé rud a cheapann tú féin,' arsa Breandán ar deireadh.

'Nach dtuigeann tú,' a dúirt mé, agus é ag dul dian orm gan 'a amadáin' a chur leis.

'Síleann tú go ndeachaigh Mr Marshall thar an sconsa isteach ar thalamh Shé Uí Cheallacháin?' Bhí meabhair ag Fiona, ar a laghad.

'Ach tuige?' arsa Diarmaid. 'An é atá tú a rá go raibh sé féin agus Sé Ó Ceallacháin ag troid istigh ansin?'

Níor thug mé freagra air; ní dhearna mé ach mo chos a chaitheamh trasna an sconsa san áit a raibh an cóta báistí. Bhí fios a ghnó ag Seán maidir le beithígh agus bhí barúil agam nach mbeadh suim ar bith ag an tarbh ionamsa fad a bhí sé ag rith i ndiaidh na bodóige. Ní raibh mé ach cúpla nóiméad istigh ann go dtí gur tháinig mé ar an rud a bhí uaim, sa bhogach a bhí thall in aice an tsrutháin. Bhí lorg coise ann agus ní raibh aon amhras orm ach gurbh iad lorg bhuataisí an Mharasclaigh a bhí ann. Níorbh fhada gur tháinig an dream eile i mo dhiaidh.

'Ní hiad buataisí Shé Uí Cheallacháin a d'fhág an lorg sin ansin,' a dúirt mise agus mé ag taispeáint an loirg dóibh. 'An bhfaca duine ar bith agaibh rud ar bith air siúd ach Wellingtons?'

'Ní Wellingtons a bheadh ar lánúin chúirtéireachta ach an oiread,' a dúirt Diarmaid, go stuama. 'Bróga reatha a bheadh orthusan.'

Bhí Seán le mo thaobh faoi seo agus thaispeáin mé an lorg a bhí fágtha ag crúba beithígh ann, taobh leis an áit a raibh lorg na mbuataisí.

'Céard é sin?' a d'fhiafraigh mise.

'Lorg tairbh,' a dúirt sé. Bhí Seán seo againne gonta ina chuid cainte riamh.

'Tú cinnte faoi sin?'

'Tá mé cinnte, cén fáth nach mbeadh. Crúba ní ba lú a bheadh ar bhó, agus an bhfeiceann tú chomh domhain sa talamh agus atá siad. Sin lorg tairbh, agus rud eile, bhí luas faoi. An bhfeiceann tú a lorg – tá sé síos an bealach uile. Tháinig sé anuas anseo de tháinrith agus...'

Stop sé. Bhí sé tar éis a chos a bhualadh faoi rud éigin. Chrom sé síos gur phioc suas láí a bhí caite san fhéar fada. Bhí 'W. Marshall' greanta ar fheac na láí.

'Bhuel, sin é a chruthúnas,' a dúirt mise. 'Bhí sé anseo.' 'Bhí sé ag breathnú an bhfeicfeadh sé lorg aon chuaille eile, is é sin, an taobh eile den teach neoliteach,' arsa Fiona. 'An créatúr.' Shílfeá ag breathnú uirthi go raibh sí ar tí caoineadh.

Ní raibh mé féin thar mholadh beirte. Ní raibh aiféala ar bith orm ach nach raibh mé tagtha ann ní ba luaithe an mhaidin sin.

'Agus chonaic an tarbh é,' arsa Seán.

'Agus tháinig sé de ruathar anuas an garraí,' arsa Diarmaid.

'Agus thug an Marasclach do na boinn é.' Bhí Breandán ag scríobadh na talún le cúl a bhróige féachaint an raibh loirg choise ann. B'iondúil go mbíodh an sruthán ag sní gar don sconsa, ach leis an aimsir bhreá, ní raibh ann ach talamh bogaigh, agus bhí na loirg le feiceáil go soiléir ann. Ba léir gur ag déanamh ar an sconsa a bhí an té a raibh na buataisí air.

'Ach rug an tarbh air.' Thaispeáin Seán an áit a raibh lorg na mbuataisí agus lorg na gcrúb anuas ar a chéile.

'Agus ní dhearna sé ach é a chaitheamh thar an sconsa.' Shílfeá go raibh croitheadh bainte as Breandán.

'Tá mé ag dul ag lorg Paddy,' a dúirt mise. Bhí an sconsa caite de léim agam agus bhí mé ar mo rothar sula raibh seans ag duine acu focal a rá.

NÍ RAIBH PADDY blas sásta go raibh mé ag cur isteach air. Bhí sé féin agus T.J. Ó Ciaráin i bhfeighil an stáisiúin an lá sin, rud a chiallaigh go raibh an bheirt acu ina scraistí, ag breathnú ar an teilifís agus ag ithe sceallóg. Bhí boladh na sceallóg le fáil agus cluiche iomána an Domhnaigh roimhe sin le cloisteáil agus mé ag iarraidh an scéal a mhíniú dó.

'An dtuigeann tú, is é an chaoi ar cheap Mr Marshall go dtabharfadh sé súil sciobtha ar an áit. Bhí an láí caite go díreach san áit a cheap sé a raibh an chuid eile den teach neoiliteach.' Bhí agam Fiona a bheith tugtha liom agam, a dúirt mé liom féin, ach choinnigh mé orm.

'Tá lorg chosa an Mharasclaigh sa bhogach sin in aici an tsrutháin fós, agus tá lorg chrúba an tairbh gach uile áit ann. Táimid ag ceapadh gur chaith an tarbh thar an sconsa é ach nach raibh sé in ann é a leanúint agus dul ag satailt air mar go raibh an sconsa leictreach ann.

Ní dúirt Paddy tada, ach bhí mé in ann muileann mall a inchinne a bhrath ag meilt agus píosa de sceallóg a bhí i bhfostú ina chúlfhiacla á changailt aige.

'Dá dtiocfá amach agus breathnú ar an láthair, d'fhéadfá glaoch ar an gceannfort, á rá go raibh leid nó dhó aimsithe agat. Ghreadfadh muidne linn,' a dúirt mé, agus mé ag iarraidh cor éigin a bhaint as.

Smaoinigh sé air go ceann nóiméid; ansin dúirt sé go dtiocfadh sé agus thóg amach eochracha a chairr.

BIÍ SCÉALA ar an stáisiún áitiúil raidió an oíche sin go rabhthas tar éis Sé Ó Ceallacháin agus Tomás Ó Searcáin a ligean saor. Bhíomar uile sásta go maith, mar bhí Paddy tar éis €10 an duine a shíneadh chugainn sular ghreadamar linn agus gur fhágamar ansin leis féin ar na dumhcha é, é ag dul soir siar mar a bheadh cú fola ann.

CHRÍOCHNAÍMIS luath Dé hAoine sa mheánscoil agus bhí mise ag tónacán thart ag déanamh comhrá le mo chairde scoile agus leis na cailíní thuas in aice leis an scoil náisiúnta, nuair a chonaic mé bean Shé Uí Cheallacháin. Bhí sí ag fanacht go dtiocfadh a cuid páistí beaga amach as an scoil. Bhí meangadh mór ar a héadan agus nuair a tháinig siad amach bhí milseáin agus bréagáin bheaga aici dóibh.

'Shílfeá gur ag ceiliúradh atá siad,' arsa Fiona. 'Mór is fiú go bhfuil tú chomh meabhrach agus atá, a Tom; murach go bhfuil, bheadh a n-athair sa phríosún fós '

Bhí mé sásta.

GLUAIS

ag dearcadh *looking*

ag scinneadh *hurtling*

amadán críochnaithe *complete fool*

an ealaín seo *this caper*

An Marasclach *Marshall*

aoibh *smile*

ar a n-aire *on their guard*

ar ballchrith *trembling from head to toe*

ardvoltas *high voltage*

bagairt *threat*

báiníneach *pale*

béaldath *lipstick*

bodóg *heifer*

bogach *soft ground*

bonn *sole of foot*

thug sé do na boinn é *he ran for it*

bos le bos *high five*

braon anuas *leak from above*

breabaireacht *bribery*

carnán *heap*

céastúnach *executioner*

círíneach *flushed (face)*

clabhta *cloud*

claí teorann *boundary ditch*

cluain *beguilement*

níor chuir sé sin an chluain orm *that didn't fool me*

cóir máireach *right or wrong/at all costs*

comhalta *member*

cruthúnas *proof*

cuachta *curled up*

cúláilte *cool*

de rúid *in a rush*

dordán *buzzing*

drithlíní eagla *the creeps*

fágaimis seo amach ann *let's go there*

feac *handle*

finnéithe *witnesses*

gabhfaidh sé in aer *he'll be hopping mad*

giuirléidí *implements*

gleadhradh *clattering*

go patuar *indifferently*

gonta *terse*

gothaí *appearances, pose*

i leith is go *as if*

in árach a chéile *arguing with each other*

láí *loy, spade*

lánúineacha cuirtéireachta *courting couples*

lián *trowel*

máilléad *mallet*

mar ba dhual dom *as was usual for me*

meabhrach *intelligent*

mór is fiú go... *it's a good thing that...*

na dumhcha *the sand-dunes*

nimheanta *spitefully*

níorbh aon dóithín é *he was no pushover*

piocúil *smart, tidily dressed*

poll báite *marsh hole*

poll cuaille *post hole*

púir dheataigh *plume of smoke*

scéal an ghamhna bhuí *long drawn-out story*

scorach *young person*

scraiste *layabout*

seandálaí *archaeologist*

seandálaíocht *archaeology*

seanghliogar *old banger (car)*

sileadh *drip*

smid *word*

sollúntacht *solemnity*

spágáil *shuffling walk*

straois *grin*

táinrith *stampede*

téip tomhais *tape measure*

tónacán thart *arsing around*

turraing *(electric) shock*